ERZÄHLUNG

Ralf Thenior
Bleichgesicht

Ralf Thenior

Ralf Thenior wurde 1945 in Bad Kudowa/Schlesien geboren und lebt heute in Dortmund. Er schreibt Bücher für Kinder, Jugendliche und Erwachsene.

Im Ravensburger Buchverlag sind von ihm die Erstlesebücher „Miranda und der neue Teddy" und „Miranda und die Sache mit Hansi" sowie die Kinderbücher „Schlossgespenst auf Reisen" und „Schröder, du dummer Hund!" erschienen. Für Jugendliche gibt es „Die Fliegen des Beelzebub" (RTB 8041), „Die Nacht der Sprayer" (RTB 8069) und „Greifer".

Bleichgesicht

Eine erfundene
Geschichte nach
einer wahren
Begebenheit

Nach einer Idee
von Ralf Werner

RAVENSBURGER BUCHVERLAG

Mit Fotos von Kordula Reichert

Originalausgabe
als Ravensburger Taschenbuch
Band 2119
erschienen 1998
© 1998 Ravensburger Buchverlag

Umschlagillustration: Louis Lázare

 RTB-Reihenkonzeption: Jens Schmidt,
Heinrich Paravicini

**Alle Rechte vorbehalten durch
Ravensburger Buchverlag**

Printed in Germany

**Die Schreibweise entspricht den
Regeln der neuen Rechtschreibung.**

5 4 3 2 1   02 01 00 99 98

ISBN 3-473-52119-1

ERZÄHLUNG

INHALT

An einem Sonntag im Juni 7

Lisa liebt John 25

Die Nachricht kam in der Nacht 67

Zerbrochene Träume 79

Sommer 1996 –
Die Geschichte von
Noël Martin 89

An einem
Sonntag
im Juni

Es ist still in der kleinen Stadt.
Ein ganz normaler Sonntagnachmittag.
Die Sonne scheint auf die leeren Straßen.
Es ist warm.
Aus den Häusern hört man keinen Laut.
Man sagt, die Männer liegen um diese Zeit
auf dem Sofa,
halten ein Verdauungsschläfchen.
Und die Frauen stehen in der Küche
und waschen ab.
Aus dem leise gedrehten Radio
hören sie dabei Blasmusik.
Die Blumen in den Vorgärten
duften vor sich hin.
Ein paar Käfer und Bienen surren um sie herum.
Ein Vogel fliegt von einem Baum in eine Hecke.

Was kann man machen,
wenn man zwölf oder siebzehn ist,
in einer solchen Stadt?
Das Kino hat geschlossen.
Jetzt ist ein Supermarkt drin.
Und das geplante Jugendzentrum
ist nie eröffnet worden.
Kein Geld, sagen die Politiker.
Es gibt nur einen Spielplatz für die Kleinen.
Am Kindergarten.
Aber da gehen nur die Hunde hin
und scheißen in den Sandkasten.
Es ist still in der kleinen Stadt.
Der Nachmittag schnarcht vor sich hin.
Fast scheint es,
als hätten sich alle verkrochen,
um der Langeweile dieses Sonntags zu entgehen.

Ein fernes Surren, noch undeutlich,
wird zu einem Mopedgeräusch,
das näher und näher kommt.
Wer es hört, weiß wo es hinfährt.
Denn es gibt doch einen Ort
in dieser kleinen Stadt,
an dem sich Jugendliche treffen.
Es ist der Bahnhofsplatz.
Vor dem Bahnhofsgebäude,
von dem die Farbe abblättert,
stehen ein paar Bänke unter einer Linde.
Da sitzen sie mit offenen Kannen und warten.
Der nächste Zug fährt um 17 Uhr 57.
Aber der bringt sie auch nirgendwo hin.
Der Bahnhofsplatz ist bekannt.
„Gefahrenzone", flüstert man
hinter zugezogenen Gardinen.
Der afrikanische Tellerwäscher
vom chinesischen Restaurant
ist schon mehrmals mit Bierflaschen
beworfen worden. Das weiß jeder.
Mit einer Staubwolke im Schlepptau
prescht der Mopedfahrer auf den Platz.

Auf seinem Helm prangt ein Adler.
Das Visier ist heruntergelassen.
Man sieht sein Gesicht nicht.
Aber alle wissen, wer er ist.
Sie johlen und schreien, reißen die Arme hoch
und schlagen mit Ketten und Ringen auf
Flaschen und Dosen.
Schweinekopf rülpst im Takt,
Fips macht den Affen und quiekt.
Es ist ein höllisches Konzert aus Geklapper,
Geklöter, Gejohl und Geheule.
Es reißt sie hoch und macht sie klar.
Die Nasen an den Fenstern
der umliegenden Häuser verschwinden,
nur die Gardine zittert noch leicht.
Die Begeisterung hält nicht lange vor.
Marko ist abgestiegen.
Hat das Visier hochgeklappt.
Worte fliegen hin und her.
Er stößt seinen Bestand an Begrüßungs-
beschimpfungen unter dem Helm hervor.
Das hat er mal im Fernsehen gesehen.
Hat ihn beeindruckt.

Marko sagt seinen letzten Spruch
und nimmt den Helm ab.
Was sie machen können? Er weiß auch nichts.
Aber er kommt mit gefüllten Satteltaschen.
Marko hat Bier mitgebracht!
Gejohl. Gebrüll. Geklapper.
Es geht an die Bierverteilung.
Marko hat gut
20 Dosen dabei.
Er wirft jedem eine Dose zu.
Er hat sie „organisiert", sagt er.
Wo, sagt er nicht. Alle fangen ihre Dose auf.
Nur einem schlaksigen Burschen
mit verträumten Augen landet sie
mit einem Knall vor den Füßen.
„Eh, du Arsch!"
„Ganz ruhig, Wichser!"
Dann sitzen sie auf den Bänken
und knacken die Dosen.
Keiner sagt etwas. Keiner weiß etwas.
Was sollen sie reden?
Ein schwarzer Golf kommt
auf den Bahnhofsplatz gepresht.

Die Staubfahne ist lang.
Der Fahrer hält auf die Jungen zu,
erhöht die Geschwindigkeit.
Keiner springt auf. Sie kennen das Spiel.
Das ist Silvio.
Silvio bremst. Der Wagen kommt
direkt vor einem Knie zum Stehen.
Millimeterarbeit, wie immer.
Silvio kurbelt die Scheibe runter,
spricht erst mal durch das Seitenfenster.
Er hat weniger Sprüche drauf als Marko.
Er weiß auch nicht, was sie machen können.
Aber er hat den Kofferraum voll Bier.
Der Tag ist gerettet.
Dann sitzen sie wieder auf den Bänken
und knacken ihre Dosen.

„Schweinekopf, was willste mal werden?"
Der Dicke merkt nicht,
dass er immer wieder
dieselbe Frage gestellt bekommt.
„Ich werd Metzger", sagt er.
Die Horde johlt.
„Da kannst du gleich anfangen!"
„Was soll ich?", fragt der Dicke erschrocken.
„Lass ihn in Ruhe!"
Sie trinken.
Das Bier fängt langsam an zu drehen.
Die Sonne scheint immer noch
auf den staubigen Bahnhofsplatz
und nichts geschieht.

Zur gleichen Zeit rollt ein silbergrauer Jaguar
auf die Stadt zu.
Er fährt eine Apfelbaumallee entlang,
durch Felder, Wiesen und Wälder.
Die Apfelbäume auf der linken Straßenseite
werfen Schattenmuster
auf die holprige, löchrige Straße.

Der Fahrer weicht den Schlaglöchern aus.
Das Korn auf den Feldern ist noch nicht reif.
Große, weiße Wolken stehen im blauen Himmel.
Und der Wagen fährt durch Licht und Schatten,
Licht und Schatten.
Doch die beiden Beifahrer sehen
die Landschaft nicht.
Sie rauchen Zigaretten und denken an Jamaika.
Der Fahrer lehnt sich in den Sitz zurück,
lenkt mit gestreckten Armen – wupp –
am Rand eines Schlaglochs vorbei und seufzt.
„Ihr könnt euch nicht vorstellen,
wie ich mich freue, sie wiederzusehen!
Das kennt ihr nicht! So war es noch nie!
Ich bin verrückt nach ihr!"
„Unsern Bruder hat's voll erwischt",
sagt der Beifahrer grinsend
zu seinem Kumpel auf dem Rücksitz.
„Ein echter Glückspilz!
Und dann noch 'ne Weiße!"
„Du, Idiot!"
Jäh bremst der Fahrer ab
und dreht seinen Kopf nach hinten.

„Was redest du für Scheißdreck!
Wenn ich dich so höre, könnte ich glauben,
du bist genauso ein gottverdammter Rassist
wie die verfluchten braunen Spinner hier!"
„Hast ja Recht, Mann! Hast ja Recht!
Ich hab Mist gequatscht. Tut mir Leid!"
Wortlos dreht sich der Fahrer nach
vorn und gibt Gas.
Sie fahren weiter durch Licht und Schatten
auf die kleine Stadt zu.

Das Bier dreht, die Augen werden roter
und die Jungen hängen immer noch
vor dem kleinen Bahnhofsgebäude rum.
Hier und da flackert ein Scharmützel auf,
einer grölt unmotiviert,
aber sonst ist nicht viel. Es gibt nichts zu sagen.
Der 17-Uhr-57-Zug ist durch.
Niemand ist eingestiegen.
Niemand ist ausgestiegen.
Zu dieser Zeit traut sich niemand
auf den Bahnhofsplatz.

Niemand geht an den Söhnen
dieser kleinen Stadt vorbei,
wenn es nicht unbedingt sein muss.
Und wenn es sein muss,
dann nur mit eingezogenem Kopf.
Es ist heiß.
Schweiß läuft über ihre Gesichter. Sie brüten.
Schwankend steht der Schlaks mit den
verträumten Augen auf,
rülpst und wirft seine leere Bierdose von sich.
Jetzt wird er es bringen.
Steifbeinig geht er auf den sonnenheißen
Bahnhofsplatz.
Keiner sagt etwas. Alle Augen folgen ihm.
Er stellt sich in der Mitte des Platzes hin,
zieht seinen Reißverschluss auf,
holt seinen Schwanz raus
und pisst einen satten Strahl in hohem Bogen
in den aufspritzenden Staub.
Die Horde johlt.

„Ja, ja! Dass ihr den Wagen in Schuss haltet,
weiß ich doch.
Er sieht zwar nicht mehr neu aus,
aber fahren tut er immer noch.
Ich sag ja nur, dass ich manchmal
ein Klopfen im Motor hör",
knurrt der Fahrer des silbergrauen Jaguar.
Er ist stolz auf den Wagen, 'ne alte Karre,
aber immerhin.
Ein Jaguar.
Sie haben sich die Kosten für das Auto geteilt.
Jeder hat Geld in den Pott geworfen.
Und dann haben sie den Jaguar gekauft.
Alvin besitzt den Kofferraum,
ein Stück vom Rücksitz und die Hinterräder.
Derek gehört das mittlere Chassis
mit allen Sitzen und die Vorderräder.
Das Steuerrad aber und der Motor nebst Haube
und Kühlerfigur gehören dem Fahrer.
Dann haben sie die kleine Stadt erreicht.
Der Fahrer lenkt den Wagen
am Ortseingangsschild vorbei,
fährt langsam durch die schlafende

Hauptstraße. Alles dicht.

„Ich muss mal eben telefonieren!"

Der Fahrer setzt den Blinker, bremst
und biegt von der Straße auf den Bahnhofsplatz.
Mitten auf dem Platz steht ein Junge und pisst.

„Guck dir das an!", sagt der Beifahrer.

Langsam rollt der Wagen auf die Telefonzelle zu.
Der Junge pinkelt nicht mehr.
Um der Staubwolke zu entgehen,
stopft er seinen Pimmel schnell in die Hose
und zieht im Laufen den Reißverschluss hoch.
Der Jaguar hält direkt vor der Telefonzelle.

„Willst du wirklich hier telefonieren?",
fragt der Beifahrer und deutet mit dem Kopf
auf die Horde besoffener Jungen,
die zwanzig Meter entfernt sitzt.

„Nur ganz kurz! Ich muss ihr sagen,
dass ich sie liebe wie verrückt
und dass wir später ankommen.
Damit sie sich keine Sorgen macht!"

Der Fahrer hat schon die Autotür geöffnet,
steht auf dem Bahnhofsplatz.
Er beugt sich zum offenen Seitenfenster runter.

„Lass den Motor laufen.
Und halt die Augen offen, Bruder!"
Der Beifahrer nickt angespannt.
„Beeil dich", sagt der Mann auf dem Rücksitz.
Der Fahrer geht auf die Zelle zu
und öffnet die Tür.
Alle Augen folgen ihm.
Die Horde hängt lauernd auf den Bänken.
„Dass er es nicht lassen kann!",
sagt der Mann auf dem Rücksitz.
„Er ist zu stolz."
„Wenn ich zwanzig Schläger seh,
vergess ich meinen Stolz.
Dann folge ich meinem Instinkt
und mach 'ne Biege!"
„Das sind nur sieben!"

„Eh, der Nigger fasst unser Telefon an",
grölt einer von drüben.
„Der Nigger fasst unser Telefon an!"
Der Fahrer steht in der Zelle.
Er nimmt den Hörer ab

und hat ihn samt dem abgerissenen Kabel
in der Hand.
„Eh, der Nigger hat unser Telefon
kaputtgemacht!"
Eine Bierdose knallt gegen die Glasscheibe.
Der Fahrer wirft den Hörer hin,
schlängelt sich aus der Zelle.
Sein Kumpel stößt die Wagentür auf.
Schon sitzt der Fahrer wieder am Steuer
und gibt Gas.
Ein Hagel leerer Bierdosen fliegt durch die Luft
und geht in der Staubwolke nieder,
die der Wagen hinter sich lässt.

Geschafft! Der Fahrer atmet durch.
„Das war knapp", sagt der Mann vom Rücksitz.
„Stimmt", antwortet der Fahrer. „Sorry!"
Sie haben die kleine Stadt hinter sich gelassen,
fahren auf einer schlechten Landstraße
ihrem Ziel entgegen.
Die Sonne ist tiefer gesunken
und die Schatten sind länger geworden.

Die drei Männer sind Wanderbauarbeiter aus
Jamaika mit britischen Pässen.
Sie haben einen Job in der Stadt,
in der die Freundin des Fahrers wohnt.
Sie werden dort ein paar Wochen arbeiten.
Zwei von ihnen werden an den langen Abenden
ihren lustigen Freund vermissen.
Es wird noch ewig dauern, bis sie ankommen.
Die Landstraße ist voller Löcher.
Tempo 50 ist vorgeschrieben
und schneller kann man
beim besten Willen nicht fahren,
wenn man sich die Stoßdämpfer
des Wagens erhalten will.
Der Beifahrer klappert mit ein paar Kassetten,
guckt sich die Beschriftungen an.
„Ja, genau!", sagt der Mann von hinten.
„Mach mal Musik!"
Der Beifahrer sucht eine bestimmte Kassette.
Da ist ein jamaikanisches Liebeslied drauf.
Liza, Liza, open up your door.
Er weiß, dass er seinem Freund
damit eine Freude machen wird.

„Mann, der muss wahnsinnig sein!",
brüllt der Fahrer.
Seine Augen bleiben
im Rückspiegel hängen.
Die Beifahrer drehen sich um.
Durch die Heckscheibe sehen sie
einen schwarzen Wagen,
der mit hoher Geschwindigkeit
hinter ihnen herkommt.
Instinktiv tritt der Fahrer aufs Gaspedal.
Der Jaguar springt nach vorne,
knallt in ein Schlagloch.
Das hält die Mühle nicht aus.
Der schwarze Wagen
ist inzwischen herangekommen.
Der Fahrer des Jaguar fährt so weit rechts
wie möglich.
Hart am Grabenrand entlang.
Dann kommt der Graben.
Weide dahinter.
Der schwarze Golf setzt zum Überholen an.
Die Jamaikaner sehen in zwei weiße Gesichter.
Bleichgesichter.

Auf gleicher Höhe verlangsamt
der Fahrer des schwarzen Golf das Tempo.
Der Beifahrer kurbelt die Seitenscheibe runter.
„Er hat einen Stein!",
schreit der Mann auf dem Rücksitz des Jaguar.
„Er hat einen Stein!"

Lisa
liebt John

Freitag, 29. März
Gestern habe ich einen ganz verrückten Kerl
kennen gelernt.
Wir waren mit der Clique auf der Kirmes.
Kathi hat ihn mitgebracht.
Wir standen an der Imbissbude.
Als Erstes hat er mir eine Ladung Fritten
über die Jacke geschüttet,
natürlich mit viel Majonäse und Ketschup.
Weil er gestolpert ist.
Ich war total sauer.
Hab ihn angeschrien.
„Du Idiot!"
„Ich heiße John", hat er gesagt.
Dann hat er seine Jacke ausgezogen
und sie mir hingehalten.

„Nimm die so lange." Ich war baff.
Den ganzen Abend bin ich
in seiner Jacke rumgelaufen,
irgendwie war ich seelig.
Wir sind zusammen Achterbahn gefahren.
Einmal, als ich zu laut geschrien habe,
hat er seinen Arm um mich gelegt.
Aber nur ganz kurz.
Ich glaub, ich hab mich verliebt.

Sonntag, 31. März

Es ist Sonntagnachmittag.
Hocke in meinem Zimmer. Mir ist langweilig.
Mama und Papa machen Mittagsschlaf.
Ich höre Mama quieken.
Ich lege eine Platte auf.
Die Musik macht mich traurig.
Ich habe Sehnsucht,
dabei kenne ich ihn doch kaum.
Ob er allen seine Jacke schenkt?
Ich sitze vor meinem Tagebuch
und schreibe auf die rechte leere Seite: John.

Noch einmal: John.
Noch einmal: John.
Das ist alles, was ich denken kann: John.
Bis die ganze Seite voll ist.
Vielleicht sehe ich ihn nie wieder ...
Ich heule ein bisschen.
Aber ich habe noch seine Jacke!
Ich werde sie sofort anziehen
und auf die Straße gehen.
Vielleicht treff ich ihn sogar!

Abends. Dicke Luft.
Mama will mir nicht glauben,
dass ich die Jacke gegen meine Teddyjacke
eingetauscht habe.
„Eine Lederjacke gegen eine Teddyjacke",
sagte sie.
„Wer macht denn so was?
Außerdem ist das eine Herrenjacke!"
„Is doch egal", hab ich gesagt
und bin rot geworden, als mir einfiel,
dass das Johns Worte waren.

„Jetzt hast du aber keine Jacke",
hatte ich zu ihm gesagt.
„Is doch egal!",
hatte er geantwortet und gegrinst.
Mama hat mich misstrauisch angesehen.
Natürlich ist die Jacke mir viel zu groß,
aber das macht sie ja gerade so gemütlich.

Montag, 1. April

Mama ist sauer auf mich.
Ich habe die Zuckerdose fallen lassen! Krach!
Und dann lagen tausend weiße Stückchen
auf dem Boden.
Scherben bringen Glück, hab ich gedacht.
Aber ich hab lieber den Mund gehalten.
Mama ist ausgeflippt! Echt Meißner Porzellan.
Das gute Stück ein Vermögen wert!
Eine Hirschkuh,
der Zucker aus der Schnauze rieselt.
Ich glaub, ich spinne!
„Das Hochzeitsgeschenk von Oma!",
schob sie noch nach.

Sie weiß genau,
wie sie mir Schuldgefühle macht.
Und alles nur,
weil ich wieder an John denken musste.
Sein breites Grinsen. Seine lustigen Augen,
die manchmal von einem Moment zum anderen
traurig werden.
So geht es nicht weiter.
Ich muss wissen, was er über mich denkt!

Dienstag, 2. April

Bei Kathi angerufen. Habe erst so ein bisschen
um den heißen Brei gequatscht.
Ich wollte nicht, dass Kathi merkt,
was mit mir los ist.
Und dann habe ich so ganz beiläufig
nach John gefragt.
„Gefällt er dir?", kam natürlich sofort.
Ich, na ja, und so, ein bisschen rumgedruckst.
Aber dann konnte ich es nicht mehr für mich
behalten.
Immerhin ist Kathi meine Freundin.

Und schon eine Ewigkeit, fünf Monate,
mit Pelle zusammen.
Also keine Gefahr.
Kathi hat mir die Nummer
von der Pension gegeben,
wo John wohnt, wenn er in Berlin ist.
Was soll ich jetzt machen?
Ich kann ihn doch nicht einfach anrufen
und sagen: „Hallo, John, wie findest du mich?"

Mittwoch, 3. April
Abends bei Kathi vorbeigegangen.
Pelle war schon weg.
Er hatte Nachtschicht im Krankenhaus.
Wie immer.
Kathi hat sich beklagt, dass sie sich kaum sehen.
„Stell dir vor", sagte sie, „jetzt wohnen wir
seit fünf Monaten in derselben Wohnung,
wir arbeiten am selben Arbeitsplatz
und sehen uns jeden Tag
eine halbe Stunde morgens
und eine halbe Stunde abends."

„Ihr habt wenigstens die Sonntage",
hab ich gesagt.
„Hast du eine Ahnung!", schnaubte Kathi.
„Sonntags fährt er Extraschichten
mit Feiertagszuschlag,
damit wir zusammen in Urlaub können."
„Willst du in Urlaub?"
„Ich will keinen Urlaub. Ich will ihn!"
Dann hab ich von John erzählt.
Hab ein bisschen geheult.
Kathi hat mich in den Arm genommen.
Sie ist doch meine beste Freundin.
Obwohl sie jetzt kaum noch Zeit für mich hat.
Woher sie John kennt, hab ich sie gefragt.
Sie war mit Pelle auf einer Trommelparty.
Nur Jungs mit Pferdeschwänzen oder
Rastafrisuren kloppten auf ihren Trommeln
rum, sagte sie.
Es ging tierisch gut ab. Beim Bierholen
kam sie mit John ins Gespräch.
Ich zitiere wörtlich:
„Er war allein, ziemlich gut drauf,
aber auch etwas traurig. Er sagte,

dass er seit Wochen das erste Mal
aus seinem Zimmer rausgekommen war,
und da hab ich gesagt,
komm doch mit zur Kirmes!"
Gute Kathi!

Kathi findet es kindisch, dass ich noch Tagebuch schreibe.
„Das ist doch was für 13-jährige", sagte sie.
„Du bist 17!"
„Ja, 17", habe ich gesagt. „Und wohne noch bei meinen Eltern."
„Darüber musst du doch längst weg sein",
sagte sie, ohne auf meine Worte zu achten.
Seufz! Ich habe ja sonst niemanden,
dem ich alles sagen kann.
Aber neugierig war sie doch.
„Zeig doch mal, was du so schreibst?"
Mein Tagebuch zeige ich niemandem! So.

Donnerstag, 4. April

Kathi hat einen Plan.
Sie will bei Johns Pension vorbeigehen
und ihn zur Party am Samstag einladen.
Einfach so.
Ich weiß nicht, ob ich mich das trauen würde.
Aber bei mir ist es ja auch nicht „einfach so".
Die Party ist bei Dieter. Jeder bringt was mit.

Später am Abend.
„Lisa! Telefon!"
Es ist Kathi. Sie hat mit John gesprochen.
Sie hat tatsächlich mit John gesprochen!
Und er kommt.
„Aber er hat gefragt,
ob er noch jemanden mitbringen kann."
Ein Stich geht mir durchs Herz.
Kathi merkt es.
„Es ist bestimmt nur sein Kumpel",
tröstet sie mich.

Freitag, 5. April

Heute war mein Supermarkt-Tag.
Habe vier Stunden am Nachmittag
im Rewe ausgeholfen.
Stunde 14 Mark. Macht 56 stolze Mark.
Herr Michels, der Chef,
hat auf 60 Mark aufgerundet.
Als er mir das Geld gab,
hat er mich gleich wieder am Arm gepackt.
Er lässt keine Gelegenheit aus,
mich zu betatschen.
Er ist ein stinkender Neandertaler,
der sich Rasierwasser ins Gesicht klatscht.
Aber ich brauche das Geld.
„Dein Taschengeld
musst du dir selbst verdienen",
hat mein Vater gesagt.
„Wenn du schon keine Arbeit hast
und nichts abgibst."
Warum ich keine Arbeit finde,
interessiert ihn nicht.
Er will seine Ruhe haben.
Er ist ein Wohnzimmergemüse.

Ich frage mich,
ob er jemals einen Traum gehabt hat?
Morgen treffe ich John.

Sonntag, 7. April

War gestern den ganzen Tag aufgeregt. John!
Ich hab mich so auf die Party gefreut.
Mama hat sich gewundert,
warum ich so lange zum Umziehen brauchte.
Ich wollte schön sein.
Schön für John.
Dann die totale Katastrophe.
„Hau ab, du Arsch!",
hab ich zu ihm gesagt.
Das war, nachdem ich die Flasche Sekt
leergemacht hatte.
Die Party war ein Griff ins Klo.
Er ist nicht mit einem Kumpel gekommen,
sondern mit einer Frau.
Eine schwarze Frau,
doppelt so groß und doppelt so breit wie er.
Hätte seine Mutter sein können.

Sie hatte ihn gepackt und ließ ihn nicht aus
ihren Krallen.
Ich war total unglücklich.
Hab mir Sekt reingeschüttet wie eine Verrückte.
Und dann, kurz bevor er
mit der Dicken abgehauen ist,
kommt er auf mich zu
und will mit mir tanzen.
Ich war so wütend.
Und jetzt hab ich das heulende Elend.
Kotzen musste ich auch.
Mir ist immer noch übel.
Ich hasse verpatzte Partys!
Ich hasse meine Blödheit! Ich hasse Sonntage!

Montag, 8. April
Kathi kam vorbei.
Wir saßen in meinem Zimmer
und haben Jasmintee getrunken
und Schokolade dazu gegessen.
Kathi hat Zoff mit Pelle.
Sie sagt, sie hält es nicht mehr aus.

Jedes Mal, wenn sie sich in den Arm nehmen,
klingelt der Wecker,
und einer von beiden muss zur Arbeit.
Ich war ihr keine große Hilfe.
Hab mich gleich bei ihr ausgeheult,
wegen John und meiner Blödheit.
Kathi hat versucht mich zu trösten.
„Kann man nichts machen", hat sie gesagt.
„Wenn man nicht wiedergeliebt wird,
hat man Pech gehabt. Jeder will was anderes.
Und wenn zwei sich finden, ist das ein Glück."
Und dann hat sie auf Pelle geschimpft.
Aber ich hab nicht zugehört.
Musste immer an die dicke Frau denken,
mit der John aufgekreuzt war.
In seine Jacke hätte sie jedenfalls
nicht reingepasst.
Ich soll ihn mir abschminken, sagt Kathi.
Aber ich kann ihn mir doch nicht
aus dem Herzen reißen.
Wenigstens ein bisschen Liebeskummer
will ich noch haben.
Das Leben ist öde genug!

Donnerstag, 11. April

Ich muss immer noch an ihn denken.
Ich bin wütend auf mich.
Hätte ich bloß nicht „Hau ab, du Arsch!"
gesagt.
Er würde erst überlegen, bevor er so was sagt.
Ich hätte ja wenigstens mit ihm tanzen können.
Aber ich war schon zu hinüber.
Erst sieht er mich den ganzen Abend nicht an
und dann holt er mich zum Tanzen.
Zu spät.
Ich Idiotin!
Warum muss ich mich auch besaufen.
Mach ich sonst nie. Bloß wegen der Dicken.
Wenn ich mit ihm getanzt hätte, vielleicht ...
Ich spinne ein bisschen rum,
was dann gewesen wäre.
Ich stelle mir eine gelungene Party vor:
Ich tanze mit John. Es ist wundervoll.
Die anderen sind verschwunden.
Nur wir beide tanzen, lachen uns an.
Dann bringt er mich nach Hause.
Wir stehen vor der Haustür.

Ich sage: „Kann dich leider nicht zu mir
einladen.
Meine Eltern kriegen einen Anfall,
wenn ich mit einem schwarzen Freund komme."
Mist! Mist! Mist!
Wenigstens dieses Problem
bleibt mir nun erspart.
Leider!!!

Sonntag, 14. April

Ich hasse Sonntage!
Das sage ich jeden Sonntag zehnmal.
Und an den Wochentagen auch.
Sonntage sind grau, endlos und öde.
Sonntage sind einsame Ewigkeit.
Ich würde sie abschaffen, wenn ich könnte.
Wenn man aus dem Fenster guckt
und sich nichts bewegt,
das ist das Schlimmste.
Als wäre die Welt stehen geblieben.
Als müsste man für immer
in seinem Zimmer hocken,

und alles, was sich bewegt,
sind die verrückten Gedanken im Kopf.
Man muss rausgehen,
um ein Wunder zu erleben!
Oder wenigstens, um frische Luft zu schnappen.
Am Nachmittag habe ich es
nicht mehr ausgehalten.
Ich hab mir Johns Jacke geschnappt
und bin spazieren gegangen.
Wusste nicht wohin.
Kathi wollte mit Pelle allein sein.
Und sonst habe ich ja niemanden.
Bin rumgelaufen.
Hab in Schaufenster geguckt
und in einer Auslage
den „Fliege-im-Eiswürfel-Trick" entdeckt.
Sieht ziemlich echt aus,
die Fliege in dem Plastikwürfel.
Ich könnte ihn meinem Vater ins Whisky-Glas
tun und seinen Gesichtsausdruck filmen.
„He, Lisa, was machst du denn hier?"
Ich drehe mich um. Ich glaub, ich träume.
Aber es ist wahr. Es ist John.

Er sieht mich mit spöttischen Augen an.
„Die Jacke sieht gut aus an dir",
sagt er und grinst.
„Hallo, John", sage ich lahm.
„Bist du noch böse auf mich?", fragt er.
„Du wolltest nicht mit mir tanzen."
„Ging nicht", sage ich. „Ich war blau."
„Blau", sagt John und grinst.
Ich muss auch lachen.
Genau so war es.
So habe ich John wieder getroffen.
Das war mein großes Sonntagswunder.
Gejubelt habe ich nicht, als es geschah.
Mein Herz hat geklopft,
vor Freude und Aufregung, ja,
aber ich hatte auch Hemmungen.
Wusste nicht, was ich sagen sollte.
Und ich merkte, John ging es ebenso.
Wir waren nicht in der Clique,
wo man einfach so rumflachsen kann.
Hier zählte jedes Wort.
Wir sind im Park spazieren gegangen,
bis es dunkel wurde.

Natürlich habe ich ihn gefragt,
ob die Dicke seine Freundin ist.
„Klar", hat er gesagt. „Ist meine Freundin.
Aber nicht so, wie du denkst."
Sie kommt auch aus Jamaika.
Weil sie niemanden hat,
mit dem sie über ihre Heimat sprechen kann,
trifft er sich manchmal mit ihr.
Sie ist verheiratet und hat drei Kinder.
Und zur Party hat John sie nur mitgebracht,
weil er wollte, dass sie mal rauskommt.
Ihr Mann ist bei den Kindern geblieben.
Das habe ich mit großer Freude vernommen.
John wollte mich nach Hause bringen.
Aber ich wollte nicht,
dass uns jemand zusammen sieht.
Übermorgen treffen wir uns wieder.
Ich kann es immer noch nicht fassen!

Montag, 15. April
Heute ist noch nicht morgen. Leider!
Hab überlegt, ob ich Mama was sagen soll.

Ich glaube nicht.
Papa sagt immer: „Ruhe bitte!"
Dabei redet Mama sowieso wenig mit mir.
Wir gehen uns aus dem Weg.
Mutter-mein und Tochter-ich
gehen sich aus dem Weg.
Sie ist immer noch sauer oder misstrauisch
wegen der Jacke, oder was weiß ich.
Aber das geht sie nichts an.
Es ist mein Leben!

Dienstag, 16. April

Ich habe John wieder getroffen.
Wir sind im Park spazieren gegangen.
John hat von seiner Familie erzählt.
Er war traurig. Sein Vater ist gestorben
und er konnte nicht einmal zur Beerdigung
fahren.
Seine Familie kommt aus Jamaika.
Aber sie leben in England.
John arbeitet auf dem Bau.
Er hat einen Vertrag gemacht.

Sein Chef hat gesagt,
wenn er will, kann er fahren,
aber dann sieht er keinen Pfennig,
von wegen Vertragsbruch und so.
Das sind alles Verbrecher.
Seine ganze Familie
ist zur Beerdigung gekommen.
Nur John konnte nicht.
Da habe ich ihn in den Arm genommen.
Dann haben wir uns geküsst.
Meine Finger mögen seine Haare.

Mittwoch, 17. April
Heute habe ich einen Liebesbrief
auf der Staße gefunden.
Wie traurig!
Ein Liebesbrief, der mit Füßen getreten wird.
Er hat mir Leid getan.
Ich habe den Zettel aufgehoben.

Bärchen!
Ich hab die Schnauze voll!
Ich hau ab!
Du bist ein Arschloch!
Wenn du nicht schon zu zu bist,
denk darüber nach!

X

P. S. Für dich bin ich eine unbekannte Größe.

Ich musste zweimal hingucken, um zu kapieren,
was sie mit *zuzu* meinte. *Zuzu*. Zuer als zu.
Die Ärmste! Manche Kerle sind bekloppt!
Habe den Brief eingesteckt.
Ich will ihn John zeigen.
Morgen gehen wir ins Kino.
Ins Kino! Mit John!

Donnerstag, 18. April
Wir waren im Kino!

Freitag, 19. April

Konnte gestern nichts mehr eintragen.
Es war zu schön!
Wollte lieber im Bett liegen
und daran denken,
wie ich mit John im Kino bin.
Wir sitzen nebeneinander. Er links von mir.
Keine Ahnung, wie der Film heißt.
Is doch egaal! Ich sitze neben John!
Wir sitzen nebeneinander.
Im Dunkeln. Im Kino.
Ich sehe den Film nicht.
Nur dieses Lichtgeflacker.
Ich spüre John neben mir. Er atmet.
Er könnte seinen Arm um mich legen.
Aber er tut es nicht.
Und dann pocht es so komisch in meinem Bein.
Ich schäme mich und ziehe mein Bein zurück.
John setzt sich auch anders hin.
Er riecht nach Tabak. Er raucht zu viel!
Aber unsere Beine finden sich.
Und unsere Arme finden sich.
Wir sitzen eng nebeneinander.

Wir flüstern uns ins Ohr.
Ich frage ihn immer mehr,
damit er mir immer mehr ins Ohr flüstert.
Und er flüstert, und wir schmelzen zusammen.
ENDE

P. S. Michels wird immer unerträglicher.
Heute hat er wie absichtslos (natürlich!)
seine Hand über meinen Po gleiten lassen.
Ob wir nicht mal zusammen
ins Lager gehen wollen,
hat er gefragt und dabei schmierig gelacht.
Der alte Furz!
P. P. S. Hab vergessen,
John den gefundenen Liebesbrief zu zeigen.

Sonnabend, 20. April

Wir haben ein Wort zusammen! John und ich.
Jetzt haben wir ein Wort zusammen!
Es heißt *zuzu*.
Ich habe John den Zettel gezeigt,
den ich gefunden habe.
John hat lange den Zettel angeguckt,
dann hat er gegrinst.
Zuzu. Das heißt jetzt *besoffen* bei uns.
Wir haben im Park gesessen
und uns gestreichelt und geküsst.
Es war schön.
Obwohl John's Hände von der Arbeit hart sind,
kann er sehr zärtlich sein.
Mitten in einem langen Kuss
ging ein älterer Mann in einer Windjacke vorbei.
Ein paar Meter weiter blieb er stehen.
„Kannst du dir keinen deutschen Freund
nehmen, du Flittchen!", rief er böse.
„Was meinen Sie?", hat John gefragt
und ist von der Bank aufgestanden.
Der alte Kerl hat sich schnell umgedreht
und gesehen, dass er vom Acker kam.

So ein Idiot!
Es dauerte eine Weile,
bis wir uns wieder beruhigt hatten.
Aber vergessen konnten wir es
die ganze Zeit nicht.
Auf dem Nachhauseweg hat John mich gefragt,
ob ich mit ihm schlafen will.
Ich möchte schon, aber ich will nicht,
dass wir es auf einer Parkbank
oder einem Autorücksitz machen.
Ich will, dass es schön wird.
Ich will, dass wir Zeit für uns haben.
Das habe ich John gesagt.
John hat genickt und meine Augen geküsst.

Sonntag, 21. April

Mamas scharfes Auge hat den Knutschfleck
an meinem Hals entdeckt.
Obwohl ich meinen Rolli angezogen habe.
Habe Mama von John erzählt.
Sie war entsetzt!
Ich hätte sie umbringen können.

Meine eigene Mutter ist entsetzt, als sie erfährt,
dass der Freund ihrer Tochter schwarz ist!
Als wenn die Hautfarbe nicht völlig egal wäre!
Ich bin ausgerastet.
Sie wollte es dann wieder gutmachen.
Sie sagte, es ginge ihr doch nur um mein Bestes
und diesen Schmus.
Ich konnte es nicht mehr hören.
Mir stiegen die Tränen in die Augen.
Meine eigene Mutter!
Bin rausgerannt und hab die Tür zugeknallt.
Vielleicht erzählt sie es jetzt Papa.
Aber ich glaube nicht.
Sie wird ihn nicht beunruhigen wollen.
Tränen der Wut steigen mir in die Augen.
Ich hasse sie alle beide!
Den alten Sesselpupser, der sich alle Probleme
von Mama vom Leib halten lässt.
Und Mama!
Früher hat sie zu mir gesagt:
„Wie einer aussieht, ist egal.
Hauptsache, er hat ein gutes Herz."
Und jetzt?

Dienstag, den 23. April
Kathi hat überhaupt keine Zeit mehr für mich.
Immer wenn ich sie brauche,
ist sie entweder zur Arbeit
oder sie liegt mit Pelle im Clinch.
Sie streiten sich oft in letzter Zeit.
Pelle kapiert es nicht.
Er will etwas Schönes für sie beide.
Er will, dass sie sich etwas gönnen.
Dafür arbeitet er wie ein Beknackter.
Kathi sagt, das Wichtigste für sie ist,
dass sie mit Pelle zusammen ist.
Und das begreift er nicht.
Kathi sagt, sie hat die Nase bald voll.
„Und wenn sie voll ist?", habe ich gefragt.
„Dann suche ich mir einen anderen",
hat Kathi gesagt.
Der reine Trotz.
Für meine Probleme hat sie keine Zeit
Mama versucht freundlich zu sein,
aber mit ihr kann ich nicht mehr reden.
Irgendwas ist zerbrochen.
Mit John will ich nicht darüber reden.

Er findet diesen ganzen Ausländerhass
zum Kotzen. Er leidet darunter.
Ich will ihm das Herz
nicht noch schwerer machen.

Donnerstag, den 25. April
Kathi von der Arbeit abgeholt.
Haben uns untergehakt
und sind ein Stück gegangen.
Kathi hat mir Mut gemacht.
„Wenn du ihn wirklich liebst,
musst du zu ihm halten!"
„Ich lieb ihn ja", hab ich gesagt.
„Und zu ihm halten will ich auch."
In der S-Bahn-Station haben wir
einen großen blonden Mann gesehen.
Erst von hinten und dann von der Seite.
Kathi hat auf Pelle geschimpft.
Dann hat sie zu dem Typen hingenickt und
gesagt, so einer würde ihr schon gefallen.
In der S-Bahn stand er auf einmal neben uns
und wir haben voll sein Gesicht gesehen.

Seine Augen standen auf zwanzig nach elf.
Ich habe noch nie jemanden so schielen sehen.
Wir haben uns angeguckt, Kathi und ich,
und mussten lachen.
Morgen Abend nach der Arbeit treffe ich John!

Freitag, 26. April

Das Leben kann so gemein sein!
Ich bin ein Streuselkuchen!
Guck heute Morgen in den Spiegel,
und was seh ich:
rote Flecken im Gesicht.
Wo kommen die ganzen Pickel her?
Es juckt überall.
Die Pickel sind nicht nur im Gesicht.
Am ganzen Körper habe ich Pickel.
Mama sagt, ich habe noch nicht Windpocken
gehabt. Vielleicht ist es das.
„Warum habt ihr mich nicht impfen lassen?!"
„Gegen Windpocken?"
Mama ruft Dr. Wilke an.
Er kommt und grinst.

„Ja, das sind die Windpocken."
Wie es mit der Arbeit bei Rewe ist, frage ich.
„Nur zu, wenn du
das ganze Viertel anstecken willst",
hat Dr. Wilke gesagt.
„Das ist eine prima Idee!
Du steckst die Leute an.
Die Leute kommen zu mir.
Und wir teilen uns das Geld."
Obwohl mir zum Heulen zumute ist,
muss ich grinsen.

Ich liege im Bett und heule.
John! Ich kann dich nicht treffen!
Höre die Wohnungstür klappen.
Mama geht zur Nachbarin.
Katastrophenmeldung.
Die Pocken gehen rum.
Wer sich umdreht oder lacht,
wird mit roten, fies juckenden Pickeln
voll gemacht.
Das ist die Gelegenheit!
Ich tapere zum Telefon. Rufe Johns Pension an.

Ein Fremder nimmt ab.
Ich verstehe seine Sprache nicht.
Nix John.
Ich habe Schweißausbrüche. Ich friere.
Ich liege im Bett.

Ich liege im Bett und heule.
Ich sehe John auf mich warten.
Ich komme nicht.
John zuckt die Achseln. Er geht weg.
Ich sehe alles noch einmal.
Ich gehe auf John zu.
Wir umarmen uns.
Ein langer, glühender Kuss.
Ich habe John angesteckt.
John hat Windpocken.
Er ist sauer, weil er nicht arbeiten kann.
Ich stelle mir John mit Windpocken vor.

Ich liege im Bett und heule.
Mama kommt in mein Zimmer.
Sie streicht mit der Hand über meine Stirn.
„Du hast Fieber, Kind."

Streuselkuchentag, 27. April

Ich fühle mich schlapp.
Wie viele Pickel dieses Mädel hat!
Ich kann mich nicht ausstehen.
Am Nachmittag rufe ich Kathi an.
Zum Glück ist sie da, aber sie hat wenig Zeit.
Sie ist bei einer Kollegin zur Geburtstagsfeier eingeladen.
Und die anderen haben eine Überraschung vorbereitet.
Kathi muss dabei sein.
Hastig erzähle ich, was los ist.
Sie soll John anrufen! Unbedingt!
„Okee! Okee! Keine Sorge! Ich mach das schon.
Werd du mal wieder gesund, du Pockenliese!"
Jetzt geht es mir schon besser.

Mittwoch, 1. Mai

Mama hat mir einen Brief gebracht.
Sie hat nichts gesagt,
aber ganz komisch geguckt.
Sie ist gleich wieder rausgegangen.

Ich halte den Brief in der Hand,
lese meinen Namen und meine Adresse.
Mein Herz klopft.
Ich habe die Schrift noch nie gesehen.
Aber ich weiß, von wem er ist.
Er ist von John. Ein Brief von John.
Er schreibt nicht gern, hat er gesagt.
Ich reiße den Brief auf.
Vielleicht will er mich nicht mehr sehen ...

Liebe Lisa!
Ich hab dich zum Fressen gern!
Das hab ich!
Weißt du noch, als wir im Kino waren?
Wir saßen nebeneinander im Dunkeln.
Da hab ich gedacht, der Film soll nie aufhören.
Die Bilder habe ich gar nicht gesehen.
Die Geschichte wollte ich nicht kennen.
Ich wollte nur neben dir sitzen.
Es war einfach toll, neben dir zu sitzen!
Es war das Tollste!
Ich beugte mich zu dir
und konnte dein Haar riechen.

Wenn deine Stimme mir
etwas ins Ohr flüsterte,
kriegte ich Gänsepimpels im Nacken.
Unsere Arme und unsere Beine berührten sich.
Zu Anfang hat es unruhig gepocht.
Da haben wir die Beine weggezogen.
Und merkten, dass sich auf einmal
unsere Arme und Schultern berührten.
Ich spürte deinen Atem.
Und dann sind wir erschrocken
und haben uns wieder anders hingesetzt.
Aber so, dass schon wieder ein Stück
von uns beim anderen war.
Wir taten, als merkten wir nichts.
Aber wir wussten beide,
dass wir es so wollten.
Und auch das Zucken hörte auf,
weil sich unsere Arme und Beine
schon kannten und zueinander wollten.
Sie fanden einen Weg.
Bald saßen wir eng beieinander.
Und ich war so verdammt froh,
dass ich es war, der neben dir saß.

Dann war der Film zu Ende.
Lisa, Lisa, ich liebe dich!

Dein John

P. S. Werd schnell wieder gesund!

Montag, den 13. Mai

Aus Lisa ist Liza geworden. Liza!

„Darf ich dich Liza nennen", hat John gefragt.

„Aber nur du", hab ich gesagt.

Wir sind auf sein Zimmer gegangen.

Wir wollten allein sein.

Aber erst mussten wir seine Kollegen loswerden.

John wohnt mit zwei anderen Jamaikanern
zusammen.

John stellte mir seine Freunde
Alvin und Derek vor.

Sie teilen sich den Jaguar.

„Der Kofferraum und die Hinterräder
gehören mir", sagte Alvin und grinste.

„Das Steuer und die Kühlerhaube gehören John
und der Rest ist im Besitz
von Mister Derek Myers."

Sie saßen im Zimmer und spielten Karten.
Sie gehen nicht viel raus,
weil sie Angst haben auf der Straße, sagt John.
John hat ihnen Eintrittskarten
für einen Jazzclub geschenkt.
Wo eine schwarze Band spielt.
Getränke hat er auch bezahlt.
„Das ist ganz schön teuer", sagte ich.
Ein Grinsen huschte über Johns Gesicht.
„Is doch egaal", hat er gesagt.
Dann hat John eine Kerze angezündet.
Es war schön. Ich mag seine Haut
und seinen Geruch. Er war sehr zärtlich.
Wir haben viel zusammen gelacht.
Oh, John! Ich liebe dich wie verrückt!

Sonntag, 26. Mai
Gestern ist John weggefahren.
Auf eine andere Baustelle.
In einer anderen Stadt.
Wann er wiederkommt,
weiß er noch nicht.

Ich fühle mich einsam. Ich bin traurig.
Ich sehne mich nach ihm.
Nach seinem Lachen und seinen Händen
und seinem Mund.
Ich habe vierzehn Tage im Glück gelebt.
Jetzt, wo ich es nicht mehr tue,
merke ich erst, wie schön es war.
John fehlt mir.
Ich kann nicht mehr schreiben.
Alles andere ist unwichtig.

Donnerstag, 30. Mai
Graue Tage ohne Datum.
Ich habe nur John im Kopf.
Was wird aus uns?
Wenn John genug Geld hat,
will er wieder zurück nach Jamaika.
Es hat mir wehgetan, als er es sagte.
Und ich habe gefragt, was aus uns wird
Du kommst mit, Liza! Let's go to Jamaica,
Lizababy! Let's go to Jamaica!
Aber wie? Aber wovon?

Und was dann?
Als ich noch in der Schule war,
wollte ich Chefsekretärin werden.
Das fand ich toll.
Nicht wegen dem,
was man im Fernsehen sieht:
dass sie ihren Chef heiratet
oder seine Geliebte wird.
Das ist Quatsch! Nee, wegen der Arbeit.
Termine machen, telefonieren,
einen Terminkalender führen.
„Hier sind Ihre Flugtickets nach Brüssel,
Herr Breitenbacher!"
Wenn ich mir das ausgedacht hab,
arbeitete ich immer für Herrn Direktor
Breitenbacher.
Und dann: ohne Abitur oder wenigstens
mittlerer Reife keine Chance.
Ich hab einen stinknormalen
Hauptschulabschluss.
Und einen Sechs-Stunden-Job in der Woche
bei Rewe.
Regale nachfüllen und so. Ein Taschengeldjob.

John sagt, wenn er genug Geld zusammen hat,
geht er zurück nach Jamaika.
Und was wird dann aus mir?
Das Gesparte reicht nicht mal für die Reise.

Sonntag, 2. Juni
Kann nicht schlafen. Sitze über meinem Tagebuch
und starre gegen die Wand.
Die Welt ist leer ohne John.
Gestern haben wir fast die ganze Nacht
telefoniert.
John hatte ein billiges Telefon gefunden.
Er wollte erst nicht sagen, wo.
„Is doch egaal, Liza", hat er gesagt.
„Is doch egaal!"
Sein Lieblingssatz, der von einem kurz
aufleuchtenden Lächeln begleitet wird.
Ich habe es richtig vor mir gesehen.
Dann hab ich aber doch noch aus ihm
rausgekitzelt, wo er war.
Er hat sich in der Pförtnerkabine einer Firma
einschließen lassen.

Er ist verrückt! Aber ich liebe ihn.
John sagt, er muss noch 1357 Zigaretten
rauchen, bis wir uns wiedersehen.
John raucht zu viel. Viel zu viel!
Ich schwöre: Ich werde es ihm abgewöhnen!

Mittwoch, 5. Juni
Vorhin kurz mit John telefoniert. Er war sauer.
Auf der Baustelle hat es Streit gegeben.
Alvin hat sich in der Frühstückspause
auf die Zeitung eines deutschen Bauarbeiters
gesetzt.
Der ist ausgerastet.
Ein Negerarsch auf seiner frischen Zeitung!
Der Polier konnte grade noch rechtzeitig die
Schlägerei verhindern.
John sagt, er kapiert es nicht.

Freitag, 7. Juni

Mein zweiter Brief von John.
Sitze in meinem Zimmer
und rieche an einem Blatt Papier,
das aus einem Heft herausgerissen ist.
Dann presse ich meinen Mund
auf Johns Unterschrift.

Lizababy,
wie ich deine Stimme liebe!
Und das Telefon hasse!
Immer, wenn ich sie am Telefon höre,
quält sie mich.
Weil du nicht da bist.
Und ich hab so große Sehnsucht nach dir.
Manchmal denke ich,
die Zeit geht überhaupt nicht vorbei.
I think of you, always.
Ich erinnere mich an deinen Geruch.
Und du bist so weit weg.
Doch jetzt kommt unser Glückstag näher.
We'll meet again.

*Übermorgen kann ich dich
in die Arme nehmen.
Übermorgen! Übermorgen! Übermorgen!
Lizababy, I love you!
Bitte, warte auf mich!*

Dein John

P. S. Sind gegen 19.00 Uhr in der Pension.
Kommst du? Bitte! Ich habe Sehnsucht nach
dir.

Die Nachricht kam in der Nacht

Ich habe die Stunden gezählt,
die Minuten und die Sekunden
bis zum Sonntagabend.
Von dem Augenblick an, als ich wusste,
wann John zurückkommt,
war die Welt nicht mehr so grau und leer.
Ich hatte immer noch Sehnsucht, riesige.
Sie wurde immer größer, aber ich wusste
endlich, wann ich John umarmen konnte.
Es war nicht mehr ungewiss.
Es war sicher.
Ich freute mich, war aufgeregt.
Am Sonntagabend um sieben würde
der silbergraue Jaguar
irgendwo in der Straße
vor der Pension einparken.

Natürlich sehe ich ihn schon von weitem,
renne hin.
John steigt aus und wir fallen uns in die Arme.
Davon träumte ich Tag und Nacht.
Mit offenen Augen an der roten Ampel,
beim Lesen in der U-Bahn,
sogar beim Dosenstapeln im Rewe.
John steigt aus und wir fallen uns in die Arme.
„Na, was lächelt sie so süß?"
Michels, der alte Stinker,
hatte sich herangeschlichen.
„Gefallen ihr die Erbsen und Möhrchen?"
Etwas knallte in meinem Kopf. Ich sprang auf.
„Was soll der Scheiß?", schrie ich.
Er wich zurück, klappte zusammen.
Schon gut! Schon gut!
Er verzog sich.
So ein Idiot! Ich war wütend.
Ich hockte vor dem Regal, packte Dosen
und stapelte sie ohne hinzugucken.
Und mit jeder Dose Ananas und mit jeder Dose
Erbsensuppe wurde mein Herz schwerer.
Wie sollte es weitergehen?

Am Sonntag kam John.
Er würde aussteigen und wir würden uns
in die Arme fallen.
Ja. Dann war John da.
Aber er würde wieder weggehen.
Und dann? Wieder endlose graue Tage.
Telefonieren und Frust.
Ich schob diesen Gedanken beiseite
und versuchte, mich nur noch zu freuen.

Am Sonntagnachmittag wusch ich mir
die Haare mit meinem neuen Shampoo.
Kathi hat es mir geschenkt.
Es heißt „Frühlingswiese",
riecht aber nach Jasmin.
Mama kam ins Badezimmer.
Sie wunderte sich, warum ich am Sonntag
ein Bad nahm.
„Ich will noch weg."
„Aha."
Sie zog die Tür hinter sich zu.
Ich wollte Johns Jacke anziehen.

Eine Bluse, Jeans und meine Stiefel.
Ich betrachtete mich kritisch im Spiegel,
strich meine Augenbrauen glatt und so weiter.
Es dauerte länger, als ich gedacht hatte.
Um Viertel vor sieben rief ich „Ciao"
ins Wohnzimmer, hörte „Komm nicht zu spät!"
und verließ die Wohnung meiner Eltern.
Komm nicht zu spät!
Wie nett! War aber nicht mehr zu verhindern.
Die S-Bahnfahrt dauert 20 Minuten.
An den Bahnhöfen sah ich die Zeiger vorrücken.
Ich war ein bisschen sauer auf mich.
Weil ich meine geträumte Begrüßungsszene
verpatzt hatte.
Um 19 Uhr 17 bog ich in die Straße ein,
in der die Pension liegt.
Vergeblich hielt ich nach dem Jaguar Ausschau.
Unwahrscheinlich, dass sie in eine Nebenstraße
gefahren waren.
Es gab genug freie Parkplätze.
Sie waren noch nicht angekommen.
Ich setzte mich auf die Treppenstufen
vor der Pension.

Mein Herz klopfte. Gleich! Gleich! Gleich!
Ich saß auf den Treppenstufen und wartete.
Ich hasse warten!
Wenn ich warte, verschwinden meine Träume
und Gedanken.
Dann bin ich nur noch Warten.
Ungeduldiges Warten.
Ich bin an einem Ort, der erst wirklich wird,
wenn das Erwartete da ist.
Jetzt! Ich will, dass er jetzt kommt! Jetzt!
Ein Auto bog in die Straße ein. Ein rotes Auto.
Ich wollte nicht,
dass ein rotes Auto in die Straße bog.
Ich wollte ein silbergraues Auto sehen.
Der Wagen hielt ein paar Häuser weiter.
Ein Mann und eine Frau stiegen aus.
Sie gingen auf ein Haus zu.
Vor dem Eingang blieb die Frau stehen
und zog dem Mann den Kragen zurecht.
Dann war die Straße wieder leer.
Ich saß auf der Treppenstufe
und guckte in der Gegend herum.
Sah die Häuserfronten gegenüber

und konnte genau sehen,
wo junge und wo alte Leute wohnten.
Die alten hatten diese scheußlichen, weißen
Häkeldeckchen-Gardinen vor dem Fenster.
Die jungen Leute hatten meistens
gar keine Gardinen oder bunte Vorhänge.
Direkt gegenüber im dritten Stock
war ein Fenster offen.
Musik schallte heraus.
Immer, wenn ich warten muss, fällt es mir auf.
Und dann vergesse ich es wieder.
Wenn man wartet, sieht man die Umgebung
viel deutlicher.
Man guckt nämlich genauer hin,
wenn man nichts zu tun hat.
Und dann kommt der oder das,
worauf man gewartet hat,
und man vergisst alles wieder.
Doch der silbergraue Jaguar tauchte nicht auf.
Je länger ich wartete, desto unruhiger wurde ich.
Zuerst war ich sauer,
dass John mich so lange warten ließ.
Hätten sie nicht früher losfahren können!

Dann bekam ich Angst,
dass etwas passiert sein könnte.
Nachdem ich zwei Stunden vor der Pension
gehockt hatte, ging ich hinein und fragte,
ob John eine Nachricht für mich
durchgegeben hätte.
Die Frau an der Rezeption
erkannte mich wieder.
Sie war nett, aber eine Nachricht von John
hatte sie nicht.
Drei Stunden hielt ich aus.
Dann konnte ich nicht mehr.
Auch Warten macht müde.
Enttäuscht, wütend und erschöpft
fuhr ich nach Hause.
Die verschiedensten Gedanken
wirbelten durch meinen Kopf.
Der schlimmste: John hatte eine andere
und würde nie mehr wiederkommen.
Doch dann dachte ich: Nein! Nicht John!
Er würde mich nicht anlügen
Es muss etwas passiert sein.
Vielleicht hatten sie eine Panne.

Vielleicht hatte der Jaguar
unterwegs schlapp gemacht.
Zu Hause ging ich gleich in mein Zimmer.
Mama merkte, dass ich schlechte Laune hatte
und sagte nichts.
Papa grunzte nur
und guckte weiter in die Glotze.
Ich hängte Johns Jacke an den Kleiderhaken
und warf mich angezogen aufs Bett.
Und hoffte, dass das Telefon klingelte.
Ich hatte der Frau in der Pension gesagt,
dass John mich sofort anrufen sollte,
wenn er angekommen war.
Doch es klingelte nicht.

Eine Telefonschelle, unsere, drang in mein Ohr.
Grell.
Ich schreckte hoch.
Ich lag noch angezogen auf meinem Bett,
musste eingeschlafen sein.
Ich sprang auf und lief zum Telefon im Flur.
Ich nahm den Hörer ab.

Es war Alvin.
Sie hatten einen Unfall gehabt.
John war im Krankenhaus.
„Wie schlimm ist es?", fragte ich.
„Schlimm", sagte Alvin.
Dann sagte er noch den Namen des
Krankenhauses und hängte ein.
Mama kam im Nachthemd
aus dem Schlafzimmer.
„Was ist los?"
Ich konnte nicht mehr. Ich musste weinen.
Mama nahm mich in den Arm.
„Kind, was ist denn?"
Papa kam aus dem Schlafzimmer.
„Was ist denn los?"
„Ich muss ins Krankenhaus!"
„Um diese Zeit?", fragte Mama.
Ich konnte nicht aufhören zu heulen.
John! Mit Schnittwunden, Platzwunden
und gebrochenen Knochen.
John! In einem Krankenbett.
Mit verbundenem Kopf.
Mama drückte mich.

„Was ist denn passiert?"
Endlich brachte ich es heraus.
„John! Er hatte einen Unfall! Ich muss hin!"
„Aber doch nicht mitten in der Nacht!
Du kannst jetzt sowieso nichts tun.
Er muss schlafen. Und du auch!
Morgen. Morgen Vormittag!", sagte Mama.
„Ich fahr dich morgen früh hin", sagte Papa.
„Du musst doch arbeiten!"
„Ich geh später!"
Ich war baff. Mein Papa!
„Geh schlafen, Lisa", sagte mein Vater.
Er drehte sich um.
„Komm!", rief er meiner Mutter
über die Schulter zu und verschwand
im Schlafzimmer.

Wie ich mit meinem Vater am nächsten Tag
ins Krankenhaus gekommen bin,
weiß ich nicht mehr.
Ich konnte nicht sprechen,
John lag im Bett, bandagiert, hing am Tropf.

Er hatte das Bewusstsein
noch nicht wiedererlangt.
Nach und nach erfuhr ich,
was geschehen war.
Zwei Kerle hatten sie auf der Landstraße
verfolgt und ihnen beim Überholen
einen Feldstein ins Seitenfenster geworfen.
Sechs Kilo.
John kam von der Straße ab, der Jaguar
überschlug sich
und prallte gegen einen Baum.
Derek und Alvin kamen
mit Schnittverletzungen, Schürfwunden
und einem Schock davon.
John hatte es am schlimmsten erwischt.
John konnte sich nicht mehr bewegen.
John würde sich nie mehr bewegen können.
Er war querschnittsgelähmt.
„Vom Hals abwärts ist er tot",
hörte ich den Arzt zu meinem Vater sagen.

Zerbrochene **Träume**

Wir sitzen im Café.
Kathi hat mich eingeladen.
Sie hat sich Sorgen gemacht,
weil ich mich so lange nicht gemeldet habe.
Ich wollte keinen Menschen sehen.
Bin kaum aus dem Zimmer gegangen.
Meine Mutter versuchte, mich zu trösten.
Aber sie ist so weit weg.
Mein Vater hat nur gesagt: „Sie braucht Ruhe."
und dann hat er weiter in die Glotze geguckt.
Hab mich nur jeden Freitagnachmittag
zum Supermarkt geschleppt.
Hab gefragt, ob sie mir Arbeit im Lager
geben können. Michels hat gegrinst.
Und dann hat er mir Arbeit im Lager gegeben.
Pappkartons zerreißen und so.

Ich habe Kathi alles erzählt.
Die ganzen letzten Wochen.
Sie hat zugehört und ihre Hand
auf meinen Arm gelegt.
Ich hab ihr Leid getan.
Es ist gut, dass sie da ist.
Ich habe ihr von meiner Angst erzählt,
meiner Trauer und meiner Wut.
Und von meinen Albträumen.
Manchmal gehe ich durch die Straßen
und denke, wer könnte so was machen?
Und dann sehe ich all diese wütenden,
verbissenen Gesichter und kriege Angst.
Ich bin schreiend aufgewacht,
als ich den Mann im weißen Kittel sah,
der durch die Krankenhausgänge schlich,
mit einer Spritze in der Hand,
und ich wusste, er geht zu John.
Er will ihn töten, weil ein Querschnittsgelähmter
nicht mehr wert ist, zu leben.
Ich wollte mit niemandem sprechen.
Und dann treffe ich jemanden im Hausflur.
Oder beim Einkaufen.

Wie es meiner Mama und meinem Papa
gehen würde?
„Gut", sage ich, „es geht ihnen gut."
„Und du, Lisa, wie geht es dir?"
„Gut", sage ich, „es geht mir gut."
Ich gehe durch die Straßen und habe Angst.
Nicht, weil ich mich fürchte,
vor ein Auto zu laufen.
Nein, weil dieses Gefühl in mir aufsteigt,
dass etwas geschieht.
Dass irgendwo etwas Schreckliches geschieht.
Nicht nur irgendwo.
An mehreren Orten. Gleichzeitig.
Und ich kann es nicht stoppen.
Es geht über mich hinweg.
Plötzlich sehe ich ein Firmenschild vor mir.
Ein ganz normales Firmenschild.
Und ich kriege Angst.
Dann träume ich wieder.
Let's go to Jamaica, Lizababy!
Was ist das für ein Land, in dem ich lebe?
Wo man Angst haben muss,
wenn man eine dunklere Hautfarbe hat,

eine andere Sprache spricht
und einen fremden Pass in der Tasche trägt.

„Was ist Ihnen durch den Kopf gegangen,
als sie dem Mann das Messer
in den Bauch stießen", fragt der Richter.
„Gar nicht!", antwortet der Angeklagte.
Ich sehe alte Männer
in verräucherten Hinterzimmern.
Sie beugen sich über eine Fahne,
küssen sie.
Einer spricht zu ihnen.
Das Telefon klingelt.
Der Sprecher nimmt ab.
„Schick ihn rein!"
Eine Tür wird aufgestoßen.
Marko erscheint.
Er bleibt im Türrahmen stehen.
„Bist du ein deutscher Mann?", bellt ein Alter.
„Klar", sagt Marko.

Und ich gehe weiter durch die Straßen.
Oder sitze in meinem Zimmer.
Es ist dasselbe.
Ich glaube an nichts mehr.
Auch wenn ich schlafe, bin ich auf den Straßen,
spüre ich Gefahr.

Ein dunkles Hinterzimmer. Verqualmt.
Auf dem Tisch ein Wimpel.
Alte Männer sitzen drumherum.
Auch Frauen sind dabei.
Sie küssen den Wimpel.
Ein Mann spricht zu ihnen.
„Wir werden Ostpreußen nicht
per Kavallerie zurückerobern.
Wir kaufen es uns! Wir kaufen es zurück!"
Das Telefon klingelt.
Der Sprecher nimmt ab.
„Durchstellen!"
Er schaltet den Lautsprecher ein.
„Wir haben sie abgeschossen!", sagt Marko.
Die alten Männer nicken und lachen.

„Kathi, ich kann nicht mehr schlafen!
Wenn ich einschlafe, habe ich Albträume.
Und wenn ich wach werde, wo bin ich:
im Albtraum!
Ich bin fertig. Ich hab keine Kraft mehr.
Kathi, hilf mir! Ich kann nicht mehr!
Was soll ich machen?"
Kathi sieht mich an.
„Du brauchst Ruhe", sagt sie.
Echt Kathi.
„Du brauchst Ruhe."
Wer hätte das gedacht?
„Ich könnte dir ein Medikament besorgen."
„Ich will keine Glückspillen!"
„Gutes Mädchen! Komm, ich ...", Kathi stockt.
Sie hat etwas auf der Zunge.
Sie schluckt es hinunter.
Ich sehe sie an.
„Was ist?"
Kathi atmet tief durch.
Dann legt sie mir die Hand auf die Schulter.
„Du solltest wegfahren für eine Weile!"
„Wohin denn?"

Kathi sieht mich an.
Ich merke, wie das Runtergeschluckte
wieder hoch kommt.
„Ich sag dir was: Ich fahr mit Pelle
14 Tage nach Mallorca.
Er hat es geschafft.
Und jetzt hat er mich rumgekriegt.
Komm doch einfach mit!"
„Ach, nee, ihr habt euch wieder versöhnt?"
„Versöhnt ist gut! Mach keine Witze.
Für ein Kind ist es noch zu früh. Nee, nee,
ich weiß jetzt, was ich an ihm hab.
Er ist zwar manchmal vernagelt
und stur wie ein Ochse,
aber wenn wir zusammen sind,
lieb ich ihn doch."
Ich muss schlucken.
Kathi merkt es.
Sie hält ihre Hand vor den Mund.
Kathi ist okay.
Aber sie will mit Pelle zusammen sein.
Und ich wäre das dritte Rad am Wagen.
„Und, wie isses? Kommste mit?"

„Und wo soll ich das Geld hernehmen?"
„Komm, komm! Wer hat von seinen 60 Mark in der Woche immer sein Sparschwein gemästet? Das reicht bestimmt!"
„Lass mir noch etwas Zeit. Und vielleicht ..."
Ich merke, wie die Deiche brechen.
„... brauche ich das Geld ja noch."

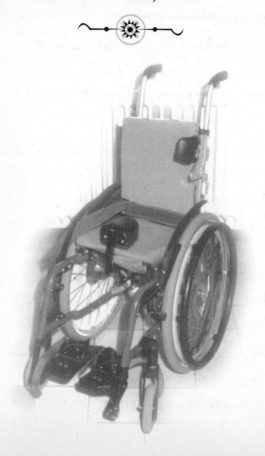

Ich sehe John vor mir. An dem Tag,
als ich ihn das zweite Mal
im Krankenhaus besuchte.
Mein Herz schlug so sehr, dass es weh tat,
als ich in sein Zimmer kam.
John saß in einem Rollstuhl
und sah aus dem Fenster.
Er konnte mich nicht sehen,
weil er den Kopf nicht mehr drehen kann.
„Bist du es, Lizababy?",
hat er mit heiserer Stimme gefragt.
Ich bin zu ihm hingelaufen,
habe seinen Namen geschrien.
John! Ich bin mit meinen Händen
durch sein Haar gefahren
und habe mein Gesicht an sein Gesicht gepresst.
John!
„Es wird schon wieder, Lizababy",
hat John gesagt.
Aber seine Augen blieben leer.
Ich kann es nicht mehr aufhalten.
Ich muss weinen, weinen, weinen.
Kathi muss mich in den Arm nehmen.

Ich kann nicht aufhören zu weinen.
Kathi hält mich fest und wiegt mich hin und her.
Das Mädchen, das in dem Lokal bedient,
kommt angelaufen.
Sie ist besorgt, will wissen, was los ist.
Kathi sagt es ihr.
Sie geht weg und bringt uns
zwei Kakao mit Sahne.
„Aufs Haus!", sagt sie. „Ich bin Sheila."
Manchmal tut es so weh,
dass ich aufgeben möchte.
Dann glaube ich an nichts mehr.
Und alles ist grau.
Ich könnte mich, denke ich am Bahnsteig,
vor den Zug werfen.
Aber ich muss leben.
Für John. Und für mich.
Ob ich es aushalte, weiß ich nicht.
Ich glaube, ich bin erwachsen geworden.
Aber so hätte ich es mir nicht vorgestellt.

Sommer 1996 –
Die Geschichte von Noël Martin

Im Sommer wird der Platz
vor dem S-Bahnhof
zum Treffpunkt einer Clique
von Jugendlichen.
Dann schwirren „Nigger"-Rufe und
Bierflaschen durch die Gegend.
Ausländer, die zum Bahnhof wollen,
müssen Spießruten laufen.
„Dangerous zone" nennen Arthur (39),
Noël (36) und Mike (38),
drei Jamaikaner mit britischem Pass,
den Bahnhofsvorplatz in Mahlow.
Vor zwei Jahren kamen sie
als Bauarbeiter hierher.
An jenem Sonntag wollen die drei Briten
nach Sachsen-Anhalt.

Die Arbeiten auf der Mahlower Baustelle
sind beendet.
In einem Dorf bei Halle haben sie
einen neuen Job gefunden.
Bevor sie sich auf den Weg machen, will Noël
seine Frau Jacqueline in Birmingham anrufen.
Die Telefonzelle an der Post ist besetzt.
Es bleibt das Telefon in der „Gefahrenzone".
Also fahren sie dorthin.
Das Schlimmste, was ihnen passieren kann,
sind die üblichen Beschimpfungen.
Kaum sind sie aus ihrem
alten silbergrauen Jaguar gestiegen,
ertönt der erste „Nigger"-Ruf.
Noël, Arthur und Mike kennen
die meisten Gesichter in der Runde.
Einer der Jungs zeigt den ausgestreckten
Mittelfinger.
Die Briten stellen sich taub und blind.
Damit sind sie bisher gut gefahren.
Noël erzählt seiner Frau am Telefon
von seinen Rückenschmerzen.
Er fragt sie, ob sie endlich

im Lotto gewonnen hätten.
Vor der Telefonzelle beobachtet Arthur,
wie zwei Jungs aus der Gruppe
Richtung Bahnhof gehen.
Er dreht sich um. Vielleicht werfen sie
mit Steinen. Man weiß ja nie.
Noël verabschiedet sich von seiner Frau mit:
„I love you to bite."
Er setzt sich ans Steuer
und fährt mit seinen Freunden los.
Ihnen folgt ein dunkler Golf
mit Berliner Kennzeichen.
Arthur erkennt die beiden Jungs vom Bahnhof.
Kein Grund zur Panik.
Die Straße zwischen Mahlow
und dem Nachbardorf
ist doch „far away from the dangerous zone".
Da setzt der Golf zum Überholen an.
Noch bevor sich die Briten einen Reim
auf das lange Überholmanöver machen können,
wird aus dem Golf ein mittelgroßer Feldstein
in ihrer hintere linke Scheibe geworfen.
Noël verliert die Kontrolle über seinen Wagen.

Sie überschlagen sich mehrmals
und knallen gegen einen Baum.

Barbara Bollwahn,
taz, die tageszeitung
17.07.1996

Ohne die Ermittlungen aufgenommen zu haben,
steht für die Polizei sofort fest,
dass die Briten die Deutschen verfolgt hätten.
Erst ein Artikel in der taz, anschließende
Beiträge in englischen und deutschen Zeitungen
und im Fernsehen
veranlassen Polizei und Staatsanwaltschaft,
die dorfbekannte Clique
unter die Lupe zu nehmen.
Es dauert fünf Wochen, bis die Täter,
ein 24-jähriger Montageschlosser
und ein 17-jähriger Maurerlehrling,
gefasst und im darauf folgenden November
zu fünf und acht Jahren Gefängnis
verurteilt werden. Der vorsitzende Richter
der Jugendkammer begründete sein Urteil
mit der Hoffnung auf einen

„hörbaren Aufschrei der Empörung
über die ausländerfeindliche Tat".
Die Wellen dieser Empörung haben sich
nach einigen Spendenaufrufen geglättet.

Barbara Bollwahn,
taz, die tageszeitung
16.06.1997

Seit Noël im Dezember vergangenen Jahres
nach Hause entlassen worden ist,
hat er sein Haus in Birmingham
nicht ein einziges Mal verlassen.
Mit seinem Rollstuhl kann er sich
nur in der untersten Etage
der drei Stockwerke fortbewegen.
Sein Lieblingsplatz ist
die Mitte des Wohnzimmers.
Von dort schaut er sich Pferderennen
im Fernsehen an oder blickt in den Garten,
den er vor einigen Jahren angelegt hat.
Wenn er ein Buch liest,
hält er einen Stift zwischen den Lippen,
um die Seiten allein umblättern zu können.

Rutscht sein Körper
für ihn nicht spürbar nach vorn,
muss er Jacqueline oder eine Pflegerin rufen,
damit sie ihn aufrichten.
„Ich muss mich daran gewöhnen,
dass mein Leben von anderen abhängt", sagt er.
„This is the life from now on."
Er träumt noch immer den Traum
vom eigenen Rennpferd.
Mut macht ihm
ein querschnittsgelähmter Landsmann,
der nach einem Reitunfall vom Rollstuhl
aus Pferde trainiert –
unter anderem die der Queen
und arabischer Ölscheichs.
Dass bei dessen Karriere
auch seine weiße Hautfarbe
eine Rolle gespielt haben dürfte,
ist für Noël Martin kein Thema –
zumindest keines, das ihn abschreckt.
Da mussten Schwarze früherer Generationen
noch ganz andere Kämpfe ausfechten.
Dass er jetzt im Rollstuhl sitzt,

sieht er als seinen ganz persönlichen Kampf,
seine Herausforderung an.
„Now it's on me to fight", sagt er.
Jetzt ist er dran mit Kämpfen.
Eines fernen Tages will er auf sein Leben
zurückblicken und sagen können:
„Ich bin froh,
ein Teil der Menschheit gewesen zu sein."
Tränen, so meint er, helfen ihm ebenso wenig
wie Hassgefühle.
„Ich empfinde nichts", sagt er und markiert
mit seinem Kinn die Stelle unter dem Hals,
von der ab er ohne jegliches Gefühl ist.
„Hass kann mich auch nicht wieder auf die
Beine bringen."
Doch er würde gern mit den
beiden Jugendlichen reden,
die ihn und seine Freunde,
die nur leicht verletzt wurden,
verfolgt haben.
„Minderwertigkeitskomplexe",
lautet seine Meinung
über deren Beweggründe für ihre Tat.

Auch wenn er die verhängten Gefängnisstrafen
als „zu milde" empfindet, hofft er,
„dass sie sich ändern".
Auch seine Lebensgefährtin Jacqueline kämpft.
Um finanzielle Unabhängigkeit.
Seit dem Unfall vor einem Jahr
war sie an Noëls Seite
in deutschen und englischen Krankenhäusern.
Sie hat ihn gewaschen und gefüttert,
ihm aus Pferdebüchern vorgelesen.
Weil sie ihren Job als Kauffrau gekündigt hat,
hat sie vorerst keinerlei Anspruch auf Arbeits-
losengeld. Seitdem Noël aus dem Krankenhaus
entlassen wurde, arbeitet sie ohne Bezahlung
rund um die Uhr als seine Pflegerin.
Aus dem Opferentschädigungsfonds bekommt
Noël Martin monatlich 3 000 Mark überwiesen;
die britischen Sozialbehörden zahlen ihm eine
Invalidenrente von wöchentlich 83 Pfund,
rund 200 Mark.

Barbara Bollwahn,
taz, die tageszeitung
16.06.1997